Slavekvinne i en Uke
Komplett Serie

Erika Sanders

Erotisk Dominans og Underkastelse

Synopsis

Erika godtar å være Sandras slave i en uke ...

Slavekvinne i en Uke er en roman med et sterkt erotisk BDSM-innhold og på sin side en ny roman som tilhører samlingen **Erotisk Dominans og Underkastelse**, en serie romaner med et høyt romantisk og erotisk BDSM-innhold.

(Alle karakterer er 18 år eller eldre)

Erika Sanders er en internasjonalt kjent forfatter, oversatt til mer enn tjue språk, som signerer sine mest erotiske forfatterskap, bort fra sin vanlige prosa, med pikenavnet sitt.

SLAVEKVINNE I EN UKE

KOMPLETT SERIE

ERIKA SANDERS

FØRSTE DEL

"Du forstår," sa Sandra til meg, "at når du kommer inn i huset mitt, så går det jeg sier. Fullstendig og total lydighet."

«Ehm, ja» sa jeg litt bekymret.

"Ikke um, ja," sa hun bestemt, "Ja frue."

"Ja frue," sa jeg med litt mer overbevisning.

"Mye bedre." Hun åpnet døren og holdt den til side slik at jeg kunne gå inn. Jeg beveget meg forbi henne, tauet kofferten med tingene jeg hadde tatt med meg og sto i gangen. Sandra lukket døren og gikk forbi meg. Jeg undersøkte den trygge spankulen hennes. Hun var høy, nesten 6 fot høy. Jeg er bare 5'2" og følte meg dverget av henne. Hun hadde en

nydelig form rumpe , fine buede hofter
og store, C-kupede bryster. Jeg ble slått.

Vi møttes på en pub, og etter å ha
snakket hele natten, spurte hun meg om
jeg var åpensinnet. Jeg hadde sagt ja, og
så hadde hun spurt meg om jeg anså
meg selv som mer dominerende eller
underdanig.

Jeg måtte tenke på det. Jeg vet hva jeg vil,
men jeg er også glad når noen er villige
til å ta ansvar og fortelle meg hva jeg
skal gjøre. Jeg fortalte henne at jeg var
underdanig.

Jeg ble sjokkert da hun spurte meg om
jeg ville være slaven hennes.

"Hva mener du?" Jeg spurte henne.

«Jeg mener at du kommer hjem til meg og blir hos meg og gjør alt jeg ber deg om.

"Seksuelt?"

"Alt." Jeg måtte tenke. Vi hadde pratet om andre ting, danset, drukket og mot slutten av kvelden, kysset. Det var et fantastisk kyss, kraftig og full av lyst. Jeg la hånden min på brystet hennes og hun fjernet det og så meg inn i øynene.

"Det er for slaven min," sa hun.

"Da vil jeg være din slave."

Og nå var vi her, en uke senere. Vi hadde avtalt en ukes prøveperiode.

"Du har ikke fortjent retten til å bruke klær ennå Erika, ta av dem alle sammen." Jeg nølte og hun gikk nærmere meg. "Ikke opprør meg med det første Erika, ellers vil straffen bli utført. Ta dem av."

"Ja frue," sa jeg. Jeg sparket av meg skoene og dro av meg sokkene også. Jeg løsnet jeansen og gled dem nedover bena mens Sandra sto og så på meg. Så dro jeg t-skjorten min over hodet slik at jeg sto der i undertøyet. Trusen min gikk videre og til slutt BH-en min. Jeg brettet pent sammen hvert klesplagg og la det på vesken min.

Sandra undersøkte den nakne kroppen min. Jeg følte meg som et stykke kjøtt som bare sto der. Hun kikket på de små brystene mine og strakk så en finger ut og førte den over brystvorten min.

"Du har så søte små bryster, Erika," sa
hun til meg.

"Takk elskerinne ."

"Trekk brystvortene dine for meg, trekk
dem hardt så jeg kan se hvor langt du
kan komme dem og hvor langt de stikker
ut etterpå."

Jeg kikket ned på brystvortene mine og
tok en i hver hånd. Jeg trakk dem hardt,
til det gjorde vondt, mine små bryster
strakte seg til kjegler som spratt ut fra
kroppen min. Da jeg slapp, sto
brystvortene stolt og spent oppreist.

"Godt gjort Erika."

"Takk elskerinne ." Øynene hennes
fortsatte å sjekke meg. Hun så på fitten
min med den pent trimmede hårklippen

og sa: "Det går bare ikke. Jeg skal gå og se litt på TV Erika, og mens jeg gjør det, er dette hva du vil gjøre for meg. Du går på badet mitt og en pinsett fra den øverste skuffen på servantskapet. Så får du et håndkle og kommer til stuen. Mens jeg ser på TV legger du håndkleet på salongbordet og setter deg på det. og plukk pubene dine til det ikke er en eneste igjen."

"Ja frue," svarte jeg. "Skal jeg legge bort tingene mine først elskerinne?"

«Snu deg» var svaret hennes. Jeg snudde meg bort fra henne og før jeg kunne fortsette å snu meg tilbake for å møte henne, kjente jeg et sviende slag på rumpa mi .

"Jeg ba deg ikke om å tenke eller komme med forslag Erika."

"Beklager fruen." Jeg satte kursen mot badet mens Sandra gikk bort fra meg. Dette var mer intenst enn jeg hadde forventet jeg skjønte og lurte på hvor lang tid det ville ta før jeg sprakk og meldte meg ut. Jeg fant pinsetten og gikk tilbake til stuen der Sandra satt foran TV-en. Jeg la håndkleet på salongbordet slik at jeg kunne se TV-en og spredte så bena for å inspisere meg selv.

"Nei, du møter ikke TV-en Erika, du står overfor meg slik at jeg kan se deg plukke hvert eneste lille hår fra fitta din." Jeg sukket innover meg og roterte meg slik at fitta min ble utsatt for Sandra og startet den lange og strabasiøse prosessen med å fjerne hår fra den, ett om gangen.

Jeg hadde holdt på i omtrent en halv time da jeg begynte å føle trangen til å tisse. Jeg sa ikke noe med det første, og da Sandra forlot rommet for å gjøre noe, gikk jeg på do uten å tenke på det. Jeg kom tilbake for å se Sandra stå og vente på meg.

"Hvor i helvete har du vært?" hun spurte meg.

"Til toalettet, fruen, jeg trengte å tisse," sa jeg forskrekket.

"Jeg kan ikke huske å ha gitt deg tillatelse til det, gjør du?" hun spurte.

"Nei elskerinne, jeg er veldig lei meg frue," svarte jeg.

"Beklager ikke skjærer det slave. Kom der borte på salongbordet på hender og knær." Jeg gjorde som jeg ble fortalt, knelte som en hund på bordet. "Spre bena bredere," sa hun. Jeg spredte knærne mine fra hverandre til de var ved kanten av bordet. Jeg kunne føle den

kjølige luften i rommet på min blottlagte
anus og fitta.

Zas! Jeg kjente det sviende slaget fra
Sandras hånd på rumpakinnet mitt . Zas!
Og på den andre også.

"Vet du hva det er til?" Jeg ble spurt.

"For ikke å spørre om lov frue," svarte
jeg saktmodig

"Det stemmer. Og når du blir straffet, vil
du takke din elskerinne fordi hun hjelper
deg til å være en skikkelig slave. Forstår
du?"

"Ja frue," svarte jeg. Zas! Hånden hennes
slo mine fittelepper og jeg bet meg i
leppa i stedet for å gråte. Instinktet
fortalte meg at det bare ville føre til mer
trøbbel.

"Takk fruen ," sa jeg. Hun slo til fitta mi
igjen, og så tre ganger til og så litt til i
rumpa mi. Hver gang takket jeg henne
for at hun slo den.

"Ok, fortsett nå, jeg liker ikke hår på
eiendommen min," sa hun til meg. Jeg
satte meg ned på håndkleet, rumpa var
rød av smisken. Jeg så på fitteleppene
mine. De var røde etter å ha blitt truffet.
Men jeg ble også overrasket over å se at
det var en liten perle av fuktighet
mellom kjønnsleppene mine. Det var noe
med måten jeg ble behandlet på som
begynte å tenne meg.

Til slutt klarte jeg å plukke det siste
håret fra fitten min. Jeg ble beordret til å
legge meg tilbake, spre bena og trekke
knærne mot meg slik at jeg ble helt
eksponert. Sandra gikk bort og knelte
mellom dem. Hun inspiserte fitta min
nøye, men hun rørte den ikke. Jeg var så

kåt! Å ha henne så nærme, nærme nok at hvis hun slikket leppene hennes ville hun sannsynligvis ta på fitta min, men å ikke røre likevel gjorde meg gal. Jeg ville at hun skulle slikke meg. Desperat. Jeg trodde ikke jeg kunne spørre.

Etter et par minutter med dette, slikket Sandra meg med en fin lang slikk fra bunnen av spalten til toppen. Men det var det. Jeg kunne kjenne saftene mine klare til å sive ut av fitten min, og da jeg fikk sette meg opp, berørte jeg meg selv, fingeren min lettet litt mellom leppene mine.

"Jeg kan se at du ikke helt forstår dette Erika," sa Sandra til meg da hun så meg gjøre dette. "Du gjør ikke NOE, uten min tillatelse. Du går ikke på toalettet og du onanerer ikke. Kom hit, jeg tror jeg må forsterke leksjonen."

Jeg trodde jeg var i ferd med å bli slått igjen. Og til tross for at det hadde gjort litt vondt, så jeg at jeg gledet meg til det. Men Sandra førte meg til en trestol. Den hadde lamellrygg i tre og sete i solid tre. Det var en liten rumpeformet fordypning støpt inn i setet og jeg satt der slik jeg ble instruert.

"Gi meg hendene dine," sa Sandra bak meg. Jeg la dem bak meg og de ble grepet og raskt bundet til stolen. Sandra kom rundt foran meg da og bandt anklene mine til stolen også. Hun dyttet stolen (selvfølgelig med meg på den) dit jeg skulle sitte og se på henne. Så gikk Sandra til kjøkkenet og kom tilbake med et stort glass vann.

"Drikk denne Erika," sa hun til meg. Hun satte glasset til leppene mine og jeg kom meg gjennom omtrent halvparten av det uten å puste. Så løftet hun den og helte den i munnen min. Jeg hadde ikke forventet det, og det var mer enn jeg

kunne ta. Det rant over leppene mine og
rant nedover halsen og brystene mine og
inn på setet. Jeg satt i en veldig grunn
pytt. Jeg kunne kjenne det kalde vannet
på anus og fitteleppene. Det var lite jeg
kunne gjøre for å flytte den.

Sandra lot meg være i fred og jeg ble
forlatt for å sitte og se på at hun så på
TV. Hver gang det kom en reklamefilm,
fylte hun glasset og fikk meg til å drikke.
Dette pågikk i to timer.

Igjen kjente jeg at jeg måtte tisse. Jeg
begynte å bli desperat. Jeg hadde mistet
oversikten over hvor mye vann jeg
hadde drukket, men blæren min var klar
til å eksplodere! Jeg vred meg i setet,
men ingen posisjon hjalp.

"Trenger du å tisse slave?" spurte
Sandra meg da hun så at jeg gjorde dette.

"Ja frue," svarte jeg lettet over at jeg skulle få gå på toalettet.

«Da har du min tillatelse til å tisse», svarte hun.

"Ehm, kan du løsne meg slik at jeg kan tisse fruen?" Jeg spurte.

"Du trenger ikke å være ubundet slave, bare tisse," sa Sandra.

"Her?" spurte jeg forvirret.

Sandra gikk opp og tok min venstre brystvorte mellom tommelen og pekefingeren. Hun trakk den hardt. "Vær oppmerksom. tiss," sa hun og trakk den igjen. Jeg prøvde å slappe av. Det var ikke lett. Sandra sto rett foran meg. Jeg var ikke vant til at noen så meg gjøre dette. Jeg var heller ikke vant til å være bundet.

Jeg kunne kjenne det komme, det første rushet, strømmen mot leppene mine fra blæren.

"Ikke kast bort tiden min slave, tiss," sa Sandra til meg. Og så kjente jeg det. Tissen brøt ut mellom leppene mine som en flom som bryter en leveve. Det sprutet ned på stolen og så ut over kanten, blandet med vannet som hadde samlet seg rundt meg.

Sandra knelte ned foran meg og mens jeg forundret så på, lente hun seg fremover slik at tissen min sprutet over hele blusen hennes.

" Åh, flink jente," sa hun til meg og jeg følte meg glad for å bli komplimentert. Jeg så tissen min suge inn i blusen til

Sandra til det ikke var noe igjen å tisse.
Hun strakte seg fremover og førte
fingeren gjennom tissen som hadde
puttet rundt rumpa og fitta og løftet den
til brystvorten min og tørket den over.
Det var en våt, elektrisk berøring som
sendte en spenning gjennom kroppen
min. Så reiste hun seg og forlot meg der.
Jeg visste ikke hva jeg skulle gjøre. Jeg
ble sittende bare i et grunt basseng med
mitt eget piss.

Sandra kom tilbake. Hun bar vannglasset
igjen. Hun fikk meg til å drikke det. Så
tok hun tak i håret mitt og dro ansiktet
mitt frem mot brystet hennes.

«Sug pussslaven min», sa hun til meg.
Hun stakk brystet inn i ansiktet mitt og
jeg åpnet munnen og sugde på brystet
hennes, kledd som det var i blusen
hennes som var gjennomvåt av tissen
min.

"Du vet, jeg begynner å like deg slave. Hvis du er veldig flink, kan jeg til og med la deg få meg til å komme senere." Hun trakk av seg blusen og deretter BH-en. Jeg siklet nesten bokstavelig talt da jeg så brystene hennes. De var fantastiske. Hun mistet klærne sine i pytt- og vannpytten, og så satt hun bare og så på TV, og lot meg fortsatt sitte i en raskt avkjølende pytt som jeg kunne kjenne på de nakne leppene og den rynkete lille anusen.

Jeg må ha sittet der i en halvtime til og lurt på om jeg skulle være her hele natten.

«På tide for meg å legge meg», kunngjorde Sandra meg, og sto foran meg med de fantastisk store brystene blottlagt og ertet meg. "Jeg skal løsne deg nå Erika og jeg vil at du skal følge instruksjonene mine. Jeg skal gjøre meg klar til sengs. Mens jeg gjør det, skal du rydde opp i dette rotet. Så kommer du inn på rommet mitt og slikker meg til Jeg cum. Forstår du?"

"Ja frue," svarte jeg. Sandra beveget seg bak meg og løsnet meg. Jeg gned meg på håndleddene mens Sandra beveget seg bort og begynte så å rydde opp i rotet på gulvet, stolen og Sandras bluse. Jeg hørte dusjen og tenkte kort på at det ville være en flott mulighet til å glede meg, men var forsiktig. Når jeg kjenner lykken min, ville jeg bli tatt og straffet igjen. Og hvem vet hva Sandra ville finne på videre.

Jeg flyttet inn på soverommet i tide til å se henne gå ut av badet, naken. Hun var så sexy. Sandra la seg på sengen og spredte bena. "Spis meg slave," sa hun til meg.

Jeg krøp opp mellom bena hennes og så bort fra den silkeaktige, hårløse fitten hennes. Leppene hennes var allerede overfylte, tydeligvis klare for litt kjærlighet, klitoris oppreist og tittet mellom leppene hennes. Jeg brukte fingrene mine til å skille kjønnsleppene hennes og førte deretter tungen min gjennom spalten hennes, presset innover og deretter opp og over kliten hennes.

«Å ja,» mumlet hun før hun oppmuntret meg og krevde at jeg skulle fortsette. Tungen min jobbet om og om igjen og over fitta hennes, inn og ut og frem og tilbake. Jeg kunne kjenne min egen juice sive fra mellom leppene mine at jeg var så opphisset. Jeg ville så gjerne ha litt oppmerksomhet, men konsentrerte meg om å glede elskerinnen min. Hun smakte fantastisk.

Jeg hørte hvordan pusten hennes ble kortere, kom i bukser og gisper, og så ble hodet mitt klemt fast mellom lårene hennes da hun kom, og sprutet et sprut av væske i ansiktet mitt! Jeg slikket og slurvet og Sandra ropte, krampaktig av glede.

«Flink jente Erika» sa hun da hun stoppet og jeg ble overrasket over hvor glad jeg var over å få slik ros. Sandra så på den fuktige flekken som spredte seg på lakenet hennes og smilte.

"Jeg tror jeg trenger en ren laken slave." Hun fortalte meg hvor jeg skulle finne den, og jeg dro for å hente en til henne. Etter at jeg hadde lagt den på sengen (Sandra så på meg hele tiden) spurte jeg hva hun ville at jeg skulle gjøre med den våte.

" Å , du får sove på den kjæresten. Ved fotenden av sengen min," ble jeg informert. Sandra fikk meg til å legge meg ved fotenden av sengen hennes og den ene ankelen knyttet til sengestolpen slik at jeg ikke kunne bevege meg så langt fra henne. Hun ba meg spre bena

mine slik at hun kunne se på fitta mi
igjen. Hun strøk en finger gjennom
spalten min og ryggen min buet, og
prøvde å opprettholde kontakten så
lenge som mulig . Fingeren hennes ble
stukket inn i meg og jeg ropte og gleden
jeg endelig fikk føle etter en dag med
deprivasjon. Den ble trukket tilbake og
jeg så da Sandra sugde den ren.

"God natt slave." Hun hoppet opp på
sengen. "Og i tilfelle du lurer på, om du
trenger å tisse, så gjør du det der med
mindre jeg løsner deg om morgenen." Og
med det hørte jeg ingenting annet fra
henne.

Det tok litt tid før jeg sovnet, men jeg
klarte det til slutt.

Da jeg våknet, var det å finne Sandra
stående over meg, naken. Det var den
vakreste utsikten oppover de lange
lange bena hennes, forbi den skallede

spalten, til buingen av undersiden av brystene hennes, hodet bøyd forover slik at jeg så inn i ansiktet. Jeg strakte meg og fant ut at jeg allerede var løsnet.

"Disse er til deg," sa hun til meg og slapp et par blå bomullstruser på meg, smilende.

" Å takk frue," sa jeg oppriktig fornøyd. Hun så på at jeg tok dem på meg og fikk meg så til å stå foran henne.

"Herskerinne, kan jeg være så snill å bruke toalettet?" spurte jeg henne litt nervøst.

"Nei, knel ned," sa hun til meg. Jeg knelte foran henne. "Når du er klar til å gå, tisse på trusene, slave. Jeg vil se deg våte dem." Hun satte seg på kryss og tvers foran meg og ventet. Det tok ikke lang tid før jeg ikke klarte å holde det etter å ha våknet. Jeg kjente kriblingen og suset, og så ble trusene våte, pisset mitt gjennomvåte stoffet og så rant nedover beinet mitt. Jeg skilte dem litt fra hverandre og det falt til lakenet jeg hadde sovet på.

"Jeg liker å se deg tisse, slave," sa Sandra. "Nå kan du se på meg." Hun sto foran meg og lente seg litt bakover, og delte kjønnsleppene med fingrene. Jeg hadde knapt registrert hva hun gjorde da en skarp strøm av varmt pis sprutet ut fra henne som en fjær, slo meg på brystet, løp over brystvortene og magen og ned til fitta. Jeg kjente den varme tissen hennes på de skallede leppene mine.

" Å, du blir en fantastisk slave, du rykket ikke engang," sa Sandra til meg og smilte. Hun rakte ut hendene og jeg la mine i hennes. Hun løftet meg opp og trakk meg mot seg, kroppen min våt med pisset hennes presset mot hennes. Ansiktet mitt var bare like over nivået til

brystvortene hennes , og jeg følte meg
knust mot hennes fantastiske pupper.
Jeg hadde så lyst til å suge den store
brystvorten hennes.

"Kom og dusj med meg Erika," sa Sandra.
Vi gikk inn på badet og snart sto jeg i
alkoven med henne, spesielt fortsatt
iført trusene. Sandra fikk meg til å vaske
henne grundig, tok hensyn til anusen
hennes og insisterte på at jeg la fingeren
min inn i det tette hullet hennes. Så tok
hun såpen fra meg og begynte å vaske
kroppen min.

Jeg hadde aldri vondt etter berøringen
av en kvinne slik jeg gjorde da hun
begynte å kjøre hendene over mine små
bryster. Hun knipset og klypet og ertet
brystvortene mine og jeg stønnet for
hver berøring.

Sandra flyttet vannstrømmen slik at den
manglet meg og så var hånden hennes

nede i trusa og såpet baken min. Jeg kjente fingeren hennes presset mot anusen min og jeg presset meg tilbake, kjente at den gled litt innover.

"Dette må drepe deg Erika, jeg vedder på at alt du vil akkurat nå er å komme."

«Å ja, frue,» klarte jeg med et skjelving i stemmen. Jeg så henne plukke opp en barberhøvel og snu den i hånden. Hun begynte å smøre såpe over hele håndtaket og jeg kjente trusen trakk ned bena mine. Hun snudde meg mot veggen og fikk meg til å legge hendene mine foran meg og spredte bena. Så ble tuppen av barberhåndtaket skjøvet inn i anusen min. Jeg stønnet og det ble presset hardere.

Sandra stoppet ikke før hele hånden var dypt i rumpa mi , bare den utstrakte enden der barberhøvelen normalt ville være montert hindret henne i å skyve

den lenger inn. Hun vred den inni meg,
kurven på håndtaket roterte i baken
min. Det var nesten nok til å få meg til
orgasme. Nesten, men ikke helt.

Så ble den trukket tilbake, rumpa ble
vasket av og trusen trukket tilbake på
plass. Igjen hadde fitten min blitt forlatt.
Vi var ute av dusjen og Sandra tørket
seg. Jeg fikk ikke et håndkle.

Sandra førte meg deretter til
soverommet, og fortalte meg at hun
hadde noen ting å ta seg av. Da jeg ble
lagt på sengen hennes og bundet,
fortalte hun meg at hun hadde en god
ide om hvor kåt jeg var og ikke stolte på
at jeg ikke skulle få orgasme mens hun
var borte. Så jeg var bundet med plass til
å bevege meg, bare ikke nok til å nå noen
av knutene eller fitten min. Det beste jeg
klarte var å få en hånd på brystvorten
min.

Da var jeg alene.

Det var timer senere at jeg ble vekket av
lyden av stemmer som kom inn på
soverommet..

ANDRE DEL

Det ringte på døren.

«Gå og se hvem som står ved døren Erika», hørte jeg Sandra rope. Jeg gikk til døren, redd. Jeg fikk tross alt ikke bruke annet enn et par truser i huset, så den som var der var i ferd med å se mine små bryster og oppreiste brystvorter.

Foreløpig kikket jeg gjennom spionhullet for å se en mann som sto der.

Det var vanskelig å si hvordan han egentlig så ut gjennom det forvrengte synet, men han var kledd i en dress.

"Flott, tenkte jeg, jeg er i ferd med å gi en selger årets største spenning !" Jeg åpnet døren og svingte den bredt nok til at jeg kunne kikke rundt den.

"Ja?" Jeg spurte.

"Er Sandra med?" spurte han meg,
øynene hans beveget seg fra ansiktet
mitt og ned mot halsen og kragebeina.
Han slikket seg om leppene. Jeg tror han
visste at jeg ikke var ordentlig kledd bak
døren.

"Hvem kan jeg si ringer?"

"Dan."

"Vent her et øyeblikk," sa jeg til ham og
lukket døren. Jeg gikk på leting etter
Sandra og fant henne dukke opp fra
toalettet.

"Det er en Dan her for å se deg Sandra,"
informerte jeg henne.

"Å, så deilig," utbrøt hun. "Vennligst gå og slipp ham inn, så ta ham med inn i salongen."

Jeg gikk tilbake til døren og åpnet den, bred nok denne gangen til at Dan ville være i stand til å gå inn. Jeg kjente øynene hans bevege seg opp og ned på kroppen min og kjente at jeg reagerte på den ærlige vurderingen. Ingenting ble sagt, men Dan gikk inn i foajeen slik at jeg kunne lukke døren.

"Følg meg," sa jeg til ham og gikk i retning salongen. Et blikk over skulderen min forsikret meg om at han fulgte etter, og fortalte meg også at øynene hans var på den tiden, limt til den trusekledde rumpa.

Jeg leder Dan inn i salongen der Sandra
satt på sofaen. Hun sto da Dan kom og
gikk inn for å klemme ham.

"Hei Dan, det er så godt å se deg!" hun
sa.

" Også Sandra. Jeg var i byen på
forretningsreise og måtte innom."

"Ønsker du en drink?"

"Scotch?" spurte Dan.

"Selvfølgelig. Erika, vær så snill å få Dan
en Scotch. På is, ja?" sa hun og bekreftet
med Dan. Han nikket og jeg satte kursen
mot brennevinsskapet på den andre
siden av salongbordet fra der han og
Sandra nå hadde satt seg i sofaen. "Og
skaff deg en til meg også," la hun til.

Jeg bøyde meg, holdt knærne strake mens jeg hentet flasken fra skapet, sørget for å holde den trusekledde fitten min rett mot Sandra, slik jeg hadde fått beskjed om når jeg skulle hente ting fra lavt nede. Sandra likte beina mine og var ikke en som lot meg kaste bort en mulighet for henne til å beundre dem.

Jeg ga Dan en drink og ga Sandra hennes før hun sa: "Takk Erika, du kan sitte på den puten." Hun indikerte en pute i hjørnet av salongen , og jeg gikk og satte meg med bena i kors, bevisst på det faktum at Dan lot blikket hans svirre bort til brystene mine nå og da mens de snakket.

De hadde pratet i omtrent en halvtime, og jeg hadde fylt på drinkene deres et par ganger da Sandra sa til Dan etter at han hadde sett på meg igjen: "Liker du den nye leken min da?"

"Veldig mye, hun er ekstremt søt,
Sandra, du har gjort det veldig bra for
deg selv."

«Ja, hun har lært ganske fort også», sa
Sandra og jeg kjente en varm glød ved
rosen.

"Det er noe med de små brystene som
fortsetter å trekke øynene mine," sa Dan.
"Jeg klarer ikke helt å sette fingeren på
det, for jeg er vanligvis mer til en fin tøff
jente som deg selv, men det er noe med
henne ..."

"Jeg vet hva du mener," svarte Sandra,
"jeg var den samme i begynnelsen. Nå
tar jeg det for gitt. Hun reagerer tross alt
fortsatt på et godt rykk i brystvorten."

"Har du noe imot at jeg prøver det?"

"Selvfølgelig ikke. Erika, kom hit, vær så snill." Jeg reiste meg og gikk bort til der de to satt. "Knele her." Jeg knelte foran dem. Dan rakte ut hånden og førte en hånd over brystet mitt før han tok venstre brystvorte mellom tommelen og pekefingeren. Han trakk og vred seg og jeg kjente en skarp smerte sprute gjennom brystet mitt. Jeg stønnet, ute av stand til å hjelpe meg selv.

Sandra strakte ut hånden og dro i høyre brystvorte samtidig og jeg stønnet igjen.

"Det er nydelige små brystvorter, er de ikke?" sa hun til Dan som var enig med henne. De to fortsatte å leke med brystvortene mine en stund, og så stoppet plutselig (i det minste virket det for meg) og gjenopptok samtalen. Jeg knelte rett og slett der, etter å ikke ha fått noen instruksjoner om å gjøre noe annet.

Så ble jeg bedt om å hente mer drinker og gjorde det. Etter å ha levert dem, nølte jeg, usikker på hvor jeg skulle gå tilbake til, knelte foran dem eller hjørnet. Sandra må ha lagt merke til og bedt meg om å knele foran dem igjen.

«Men ta av de trusene, jeg vil at Dan skal se den plukkede fitten din...» la hun til da jeg var halvveis til gulvet. Jeg reiste meg igjen og trakk trusene nedover bena, og avslørte min glatte, skallete haug. Dan satt og beundret meg, blikket hans holdt seg til fitta min.

"Vel, hun har absolutt en nydelig fitte, sa du at den er plukket?" sa Dan mens den ene hånden justerer skrittet på buksene.

"Ja, du vet at jeg ikke liker hår, og barberingsstubber er en tur, så jeg fikk henne til å sitte der og nappe seg, ett hår om gangen. Det var veldig hyggelig og jeg synes fitta hennes ser mye bedre ut for det. .

"Jeg vedder på at den er fin og stram."

"Jeg vet ikke ennå, jeg har ikke latt henne gjøre noe med fitta hennes, og det har jeg heller ikke siden hun kom hit. Hun må fortjene retten til å bli knullet ordentlig i dette huset. "Det gjør henne deilig og våt skjønt," la Sandra til, tok opp trusene mine som ble kastet og viste Dan den våte stien i skrittet.

At de snakket om meg som om jeg ikke var der, begynte å tenne meg. Hele vesenet som ble behandlet som et objekt hadde først demoralisert meg, men nå sa det til meg: "Dette er din rolle og du blir verdsatt. Nyt det og nyt det." Det var åpenbart å tenne Dan også, fordi han hadde en tydelig ereksjon i buksene.

"Hvorfor Dan, er det noe du trenger
hjelp med?" Sandra spurte ham mens
han gjorde om å justere seg. Hun rakte
en hånd på tvers og strøk hanen hans
gjennom buksene hans.

"Jeg tar gjerne imot litt hjelp."

«Du må heller stå opp da,» sa hun til
ham. Dan sto og Sandra ba meg løsne
buksene hans og få hanen ut, men ikke
røre den. Jeg løsnet beltet hans og
deretter knappen og gylfen på jeansen
hans som gled ned på gulvet. Han hadde
fantastiske bein og må ha vært en syklist
fordi de var blottet for hår. Hanen hans
stakk ut mot bokserne hans, som jeg dro
av, forsiktig med å manøvrere dem uten
å fange eller berøre hanen hans. Den var
lang og tykk og veldig imponerende. Jeg
ønsket å strekke meg ut og holde den,
men visste at det ville bety mer trøbbel
enn jeg kunne forestille meg.

Dan satte seg tilbake på sofaen og Sandra lente seg over og begynte å slikke langs Dans pik. Jeg så tungen hennes danse forsiktig langs årene og krølle seg rundt hodet. Dan stønnet.

«Du kan leke med puppene hennes Dan og du kan ta på haugen hennes, men ikke ta på eller penetrere leppene hennes,» sa Sandra til ham før han tok hanen godt inn i munnen hennes. Hun skled den jevnt opp og ned langs lengden hans.

Dan strakte ut hånden og trakk meg nærmere seg ved høyre brystvorte. Fingrene på den andre hånden hans danset over den glatte huden på haugen min, farlig nær leppene mine, men rørte dem aldri. Så dro han i brystvortene mine igjen. Hard. Det gjorde vondt, han trakk så hardt at jeg var sikker på at han fikk blåmerker på dem, men jeg gråt ikke, bare sto der og tok smerten, med fokus på Sandra med en kuk som gled inn og ut av munnen hennes.

Hun stoppet og dro toppen av seg over hodet før hun slapp BH-en, og de massive brystene hennes rant herlig løs. Hun tok tak i Dans kuk og plasserte den mellom brystene hennes, og brukte hendene for å fange den mellom brystene . Så driblet hun spyttet fra munnen over toppen av pikken hans og begynte å skyve brystene hennes opp og ned på pikken hans, på hver side av den.

Dan sluttet å betale meg oppmerksomhet og så på da Sandra knullet hanen hans med puppene hennes. Så begynte hun å jobbe seg oppover kroppen hans med tungen til hun lå på ham med brystene klemt mot brystet hans og bena spredt til hver side av ham. Dan trakk i skjørtet hennes til det ble slynget rundt livet hennes. Så tok han tak i strømpebuksen hennes og rev dem i stykker. Sandra hadde ingen truser under hosen.

Sandra lente seg fremover og Dan grep hanen hans og rettet den mot fitta hennes. Hun presset seg ned igjen og gled langs stangen hans, og la den inn i seg. Jeg sto ved siden av dem mens Sandra syklet opp og ned på den stive kuken hans, ventet og lurte på hva jeg skulle få til. Sandra må ha lest tankene mine.

"Kom hit," sa hun til meg og så snart jeg var nær nok tok hun en brystvorte i munnen, sugde ivrig på den mens hun spratt opp og ned. Så presset Dan Sandra tilbake til de hadde byttet posisjon og han holdt seg over henne, drev hanen inn i henne i en misjonærstilling, ballene hans slo mot henne med hvert innoverstøt.

Jeg hørte ham grynte og så ham holde seg inne, åpenbart skyte spermen dypt inne i henne, før han trakk hanen ut.

"Takk Sandra, det var like fantastisk som alltid," sa han til henne.

"Rydd i ham Erika, bruk munnen din," sa Sandra og så bort på meg. Jeg knelte ned og Dan satt med bena spredt på sofaen, hanen hans var ikke helt oppbrukt, og glitret av deres kombinerte juice. Jeg brukte munnen min, sugde og slikket på kuken hans, og renset ham for deres nytelse. Mens jeg gjorde det, reiste han seg igjen til en fullstendig oppreist tilstand , og jeg koste meg med å ha en så stor kuk å suge.

"Stopp Erika, han er ren. Du må rydde meg nå. Og denne gangen stopper du ikke før jeg kommer." Sandra fortalte meg. Jeg beveget meg over mellom bena hennes og hun gled fremover til rumpa hennes hang på kanten, bena skiltes for meg.

Jeg beundret fitta hennes og la tungen min forsiktig på kjønnsleppene hennes, slikket og renset. Så så jeg spermen sive fra mellom leppene hennes og ned mot anus. Jeg jaget den med tungen min, og måtte slikke rundt og over det rynkede hullet hennes for å møte kravene til oppgaven jeg hadde fått. Sandra stønnet høyt da tungen min danset over anus.

Jeg sonderte mellom leppene hennes, slikket, sugde, renset spermen fra henne og beveget meg så opp mot klitoris. Jeg kjørte tungen over toppen og så ned igjen før jeg sirklet den rundt og rundt. Jeg kunne se Dan stryke hanen hans ut øyekroken min mens han så meg opptre på elskerinnen min.

Jeg satte meg inn i en rytme og ble belønnet da jeg hørte Sandra rope og kroppen hennes krampet av orgasmen.

Da hun hadde kommet seg fortalte hun meg at jeg kunne gå tilbake til hjørnet nå. Jeg var svært klar over hvor våt fitta min var da jeg tok meg tilbake over rommet. Dan og Sandra satt og pratet litt mer, og syntes heller ikke det var verdt å bekymre seg for å restaurere klærne sine.

"Hun er absolutt et herlig ungt leketøy," sa Dan på et tidspunkt. "Er det noen sjanse for at jeg kan komme i munnen hennes?"

"Jeg har en annen idé. Hun har vært veldig flink og fortjener en belønning. Ikke så bra, vel å merke," la Sandra til da hun så øynene hans lyste opp. «Bli med meg Erika,» sa hun. Jeg fulgte etter Sandra inn på soverommet hvor hun ventet med en snorlengde. Hun fikk meg til å holde armene mine ved siden og bandt tauet rundt meg i albuehøyde slik at jeg kunne bevege underarmen, men ikke overarmene. Den var lang nok til at hun klarte å vikle den rundt og rundt opp over brystet mitt, binde overarmene mine helt stille, og la igjen nok lengde til at hun kunne føre meg forbi den.

Og det gjorde hun, tilbake ut i salongen der Dan ventet, flere lengder med snor drapert over den andre armen hennes.

"Nå ser dette lovende ut," sa Dan mens han så oss nærme oss.

«Knel ned Erika,» sa Sandra til meg. Jeg knelte ned og kjente Sandra la en ny lengde med snor rundt baksiden av bena mine. "Len deg nå tilbake på hælene og len deg deretter fremover for å legge hodet i gulvet slik at knærne er opp mot brystet." Jeg gjorde det. Lengden på snoren som nå var fanget bak knærne mine av de foldede bena ble ført opp over nakken og deretter bundet foran den. Sandra justerer meg litt.

Til slutt hadde jeg underarmene og underbeina i bakken, foldet sammen slik at jeg ikke klarte å bevege meg, bak meg pekte rumpa. Det var ikke behagelig, og jeg håpet at det bare kunne bety at Sandra skulle la Dan knulle meg og gi meg litt slipp.

Jeg var nesten så heldig.

"Jeg sparer dette for meg," hørte jeg Sandra si bak meg mens en finger løp aldri så sakte over min venstre ytterste fitteleppe. Jeg grøsset ved berøringen. "Men jeg tror det er på tide at denne leken ble brukt litt . Tross alt skal leker lekes med, ikke ligge på hyllen i innpakningen. Så jeg skal la deg knulle henne Dan, akkurat her."

Jeg kjente fingeren hennes hvile lett rett på midten av anusen min.

"Nå er det en gave jeg gjerne tar imot,"
svarte Dan.

"Bare la meg forberede henne for deg,"
sa Sandra. Hun forlot rommet og kom
tilbake. Det første jeg kjente var tungen
hennes, som slikket lett rundt anusen
min. Det var vilt. Jeg ønsket å svare, men
var for strengt bundet til å gjøre det. Så
kjente jeg noe kult løpe over baken min.

Sandra begynte å gni den inn i anusen
min. Det må være glidemiddel tenkte jeg
for meg selv. Hun dyttet på anusen min
uten å trenge gjennom, kjørte fingeren
eller tommelen frem og tilbake over
inngangen et stykke til det punktet hvor
hun spiddet fingeren inni meg. Jeg gispet
da hun skred den fast forbi motstanden
til muskelringen min.

Hun skled den inn og ut noen ganger før hun påførte mer glidemiddel og presset en andre finger inn med den første. Jeg gispet.

"Ok Dan, tror du at du klarer deg?" spurte hun og lo.

" Å , det er jeg sikker på at jeg kan," svarte han. Jeg kjente hodet til den store kuken hans hvile mot anusen min. Trykket økte sakte til jeg kjente at han lette i meg. Jeg bet ned på leppen min for å kvele enhver lyd jeg kunne lage så sakte, men bestemt han jobbet seg inn i meg. Jeg kunne ikke tro hvor stort det føltes. Jeg ville ha tid til å omstille meg, gjøre meg klar for det som skulle komme, men fikk ikke lov. Han presset nådeløst inn og jeg hadde ikke noe annet valg enn å la ham. Og så stoppet han. Han holdt hanen så langt inne i meg at jeg trodde han måtte ha vært klar til å dytte i mandlene mine. Og så slapp han ut igjen. Det var utrolig.

Han dyttet igjen; gled inn igjen og jeg kjente Sandra drible glidemiddel på oss mens vi smeltet sammen igjen. Det dryppet forbi kuken hans og anusen min til fitten min og jeg verket etter å få den berørt. Dan begynte å knulle rumpa mi nå, og mens jeg tilpasset meg , likte jeg det veldig godt, og vugget litt for å oppmuntre til invasjonen hans av rumpa mi.

Jeg ville ha klitoris min rørt. Jeg var i brann. Jeg visste at det bare ville ta den minste berøring på den for å få meg til å komme som jeg aldri hadde gjort før, men det var ingenting jeg kunne gjøre for å oppnå det. Og så kom Dan og oversvømmet baken min med frøet sitt.

"Tusen takk Sandra," tilbød han før han dro på badet.

""La meg rydde opp, Erika," sa Sandra i hans fravær. Jeg kjente tungen hennes slikke opp sprekken på fitten min til anus hvor hun slikket og sugde til det ikke var noen sperm igjen.

"Vel, Sandra, jeg må gå," sa Dan og kom tilbake fra badet. "Takk for et så hyggelig besøk."

"Når som helst Dan, glad du var innom," svarte hun. Hun fulgte ham til døren. Hun rullet meg over på siden, fortsatt bundet og satte seg så ned for å se på TV.

Jeg lå på gulvet, kunne bare se TV-en, vendt bort fra Sandra. Jeg kunne ikke snu hodet langt nok til å faktisk se henne. Det var uunngåelig at det skulle skje, og til tross for at jeg håpet noe annet, trengte jeg å tisse.

"Vær så snill frue, jeg må på toalettet," sa jeg, og forventet ikke å få lov, men måtte spørre i tilfelle.

"Vel, jeg ser på TV og har ikke tid til å løsne deg, så du kan enten holde på til slutten av showet eller bare slappe av. Jeg prøvde å holde på, men til ingen nytte, til slutt, før slutt av showet hadde jeg ikke noe annet valg enn å la tissen min gå.

Da jeg var ferdig lå jeg i pisset på gulvet og ble overrasket da jeg kjente at Sandra hadde beveget seg mot meg. Jeg kjente hånden hennes kjærtegne hoften min og glide ned over baken min for å berøre den tissevåte fitten min med fingrene. Hun kjørte dem frem og tilbake langs spalten min og snart endret fuktighetsbelegget meg. En finger studerte anusen min og jobbet sakte innvendig, og så, til min fulle overraskelse, gled en inn i fitta mi.

Jeg stønnet, det var den første direkte kontakten hun hadde fått med fitten min , og jeg skjønte plutselig hvor mye jeg hadde ønsket det. Så holdt Sandra på å løsne snorene som bandt meg.

"Bli med meg, det var på tide at vi hadde det litt mer moro." Da jeg kastet de siste snorene, sto jeg sakte fra gulvet og masserte kroppen min der de var festet. Jeg hadde vært i den posisjonen i en god time eller så og snublet litt ved mitt første skritt. Sandra førte meg inn på badet og skrudde på dusjen.

Sandra førte hånden opp og ned på siden av kroppen min som hadde ligget i urinen min. Den våte hånden hennes omsluttet brystet mitt og så senket hun hodet mot brystvorten min og sugde på det. Så åpnet hun skjermdøren til dusjnisjen og gikk inn og vinket meg til å følge henne.

«Knel ned der Erika,» sa hun og indikerte gulvet foran seg. Jeg knelte på gulvet, ansiktet mitt på nivå med fitta hennes, øynene kastet oppover, og undret meg over undersiden av de hengende brystene hennes. Vannet sprutet mot ryggen til Sandra og jeg klarte bare å få en og annen streifbekk mens hun beveget seg.

Sandra førte hendene til fitta og spredte leppene hennes foran meg, og lente seg deretter litt bakover. Noe av vannet fosset nå over skuldrene hennes mot meg mens noe rant ned mellom brystene til fitta. Mens jeg så på, øynene mine overvåket hennes skjønnhet og holdt bort synet, begynte hun å tisse. En strøm av varmt piss kort frem fra fitta hennes og slo meg i nakken. Sandra lente seg fremover igjen, og så på at hun pisset over puppene mine.

"Åpne munnen Erika, drikk pisset mitt."
Jeg satt og så på henne, rørte meg ikke.
"Erika, det var ikke en forespørsel, det
var en ordre. Drikk pisset mitt."
Strømmen hadde stoppet nå, Sandra
holdt tydeligvis tilbake for et tegn på at
jeg var villig til å etterkomme
forespørselen hennes. Hun rakte ut en
hånd og tok tak i håret mitt, vippet hodet
mitt bakover og gikk over meg slik at
fitta hennes var bare en tomme fra
munnen min.

"Ikke gjør dette vanskelig, leketøy. Du er
tydeligvis ikke klar for gleden som jeg
skulle tillate deg." Jeg kjente pisset
hennes traff leppene mine og holdt dem
presset sammen mens det flommet over
dem og nedover halsen og brystet. Da
hun var ferdig, gikk hun bort fra meg og
så ut av dusjen. Hun strakte seg inn igjen
og skrudde av vannet.

Jeg rørte meg ikke fordi jeg kunne
fornemme at stemningen hadde endret

seg. Sandra tørket seg sakte og forlot deretter rommet. Da hun kom tilbake hadde hun snorlengdene fra salongen. De var merkbart fuktige. Sandra tok en og la den rundt halsen min før hun ba meg følge etter henne. Det var ikke stramt, og jeg la også merke til at det ikke var en slipknute i det hele tatt, det så ut til å bare definere forholdet mellom oss igjen. Mester og tjener.

Tilbake på soverommet ba Sandra meg om å sette meg i en hundestilling. Jeg gjorde som jeg ble fortalt og hun gikk bort til skapet sitt. Etter å ha fisket rundt inne en stund kom hun tilbake med en enorm svart dildo og en tube med smøremiddel. Hun begynte raskt å smøre opp anusen min med en rekke fingre nå presset inn i meg. Så beveget hun seg foran meg og driblet glidemiddel nedover den enorme gummibiten hun holdt, rett foran øynene mine. Jeg ante ikke hvordan den skulle passe inn i rumpehullet mitt.

Jeg fant snart ut så sakte men bestemt hun presset den mot det rynkete hullet mitt. Jeg kunne føle at jeg strakte meg, bredere enn noen gang hadde blitt gjort mot meg før. Jeg var sikker på at hun kom til å rive anusen min, men hun visste hva hun gjorde. Det tok henne 15 minutter å være fornøyd med hvor mye av det monsteret hun hadde i baken min, og så stoppet hun. Jeg pustet lettet ut da hun sluttet å presse den dypere. Jeg lå på hender og knær og kunne kjenne at det begynte å gli ut igjen da hun slapp grepet om det. Dette ble imidlertid raskt stoppet da Sandra bandt litt snor rundt den og deretter rundt det ene benet, det andre og halsen min også.

Da jeg la meg på siden, ble hendene mine bundet til sengebenet og anklene mine bundet sammen.

"God natt leke," sa Sandra.

"God natt elskerinne," svarte jeg stille.
Jeg sov egentlig ikke den natten. Jeg var
rett og slett ikke komfortabel nok. Jeg
blundet av og til, men det var omtrent
det. Og når jeg trengte å tisse midt på
natten, gjorde jeg ingen forsøk på å gjøre
noe annet enn å tisse der jeg lå.

Da Sandra våknet, gikk hun rett til
skapet sitt og dro frem en lærpisk. Hun
fikk meg tilbake i en hundestilling og
svingte deretter pisken mot baken min.

Zas!. Jeg rystet til og kjente stikket av
skinnet.

"Jeg tror du kanskje etter dette virkelig
forstår mitt behov for fullstendig
lydighet," var det eneste hun sa til meg
før pisken slo meg i ryggen og rumpa
igjen og igjen. Ingen hud ble ødelagt,
men det svi og jeg visste at det ville være

mange røde merker hvis jeg kunne se
meg selv i speilet.

Etter en tid ble jeg igjen og rørte meg
ikke. Da Sandra kom tilbake hadde hun
en stol. Hun la den foran meg og forlot
deretter rommet igjen. Denne gangen da
hun kom tilbake hadde hun to skåler
med frokostblanding. Hun plasserte den
ene på bakken foran meg og satte seg i
stolen sammen med den andre.

"Spis," var alt hun sa. Jeg tok opp bollen
med hendene, men stoppet da hun la til
«Ingen hender». Jeg senket ansiktet mot
bollen og spiste frokostblandingen som
en hund mens hun satt foran meg, naken
og spiste sin egen frokost. Da jeg hadde
spist så mye jeg kunne fra bollen satt jeg
tilbake på hælene og ventet, den massive
dildoen lå fortsatt begravd i rumpa og
stakk ut mellom føttene mine. Jeg var
forsiktig med å tvinge det videre. Sandra
fullførte frokosten og reiste seg og
beveget seg mot meg.

Hun sto over meg igjen, fitta hennes en
tomme fra munnen min.

"Åpne munnen Erika," sa hun ganske
rolig. Jeg nølte. Hun tok tak i håret mitt
og trakk det. Det føltes som om hun ville
rive det fra hodebunnen min. Jeg åpnet
munnen. Sandra begynte å pisse inn i
munnen min. Jeg lot den fylles , ikke
svelge, og så rant munnen min over og
pisset hennes rant nedover halsen min
og over brystene mine. Hun så ut til å
tisse for alltid , og jeg lurte på hvor mye
vann hun hadde drukket som
forberedelse til denne morgenen. Det må
ha vært mye.

Da hun var ferdig slapp hun håret mitt
og jeg lot det siste pissen hennes løpe fra
munnen min.

"Se, nå er det det en god leke gjør." Hun
bøyde seg ned og kysset meg, stupte
tungen inn i den pissvåte munnen min
og slikket meg i ansiktet. Hun løste
snorene som bandt meg og til slutt ble
den massive leken fjernet fra anusen
min.

"Legg deg på senga Erika." Jeg klatret
opp på sengen og la meg på ryggen.
Sandra beveget seg opp over toppen av
meg, med brystene hennes hengende
under henne og trakk seg over kjøttet
mitt. Jeg skalv da en brystvorte gresset
over den glatte haugen min og deretter
opp over magen min. Hun knuste dem
mot mine egne bittesmå bryster og
kysset meg så, mens hun malte seg mot
låret mitt.

Jeg returnerte kysset lidenskapelig og lot
hendene mine våge seg til sidene hennes
og deretter til rumpa kinnene hennes, og
lurte på om det var en linje jeg ikke
burde krysse og hva det var sannsynlig å

være. Men Sandra så ikke ut til å bry seg nå. Hun satte seg opp over meg og skulket frem til hun presset fitta mot ansiktet mitt. Jeg spiste henne, brukte tungen min til å slikke og kjærtegne kliten hennes, klemte hele munnen min mot henne og sonderte innover med tungen min. Sandra kvernet mot meg og det var ikke lenge før hun kom.

Så begynte Sandra å ta seg tilbake nedover kroppen min igjen, denne gangen kysset og sugde og bet med leppene, tungen og tennene mens hun reiste nedover kjøttet mitt. Da hun nådde fitta mi trodde jeg at jeg umiddelbart ville eksplodere. Kjærtegningen av tungen hennes på kliten min fikk meg til å reagere.

Jeg var så kåt etter uken med deprivasjon og tilfeldighet at jeg trodde jeg skulle gå av umiddelbart. Men Sandra var tydeligvis godt øvd og visste hva hun gjorde. Hun ertet meg nesten til orgasme og trakk seg så tilbake, nappet og kysset de indre lårene mine, eller brukte fingrene til å trekke i brystvortene mine. Så ville hun overfalle fitta mi igjen til jeg nesten var der. Hun presset knærne mine opp mot brystet mitt og drev tungen dypt inne i meg, så slikket hun ned til anus og gjentok handlingen hennes der.

Til slutt ga hun meg fri, tok kliten min mellom leppene hennes, hun trakk og sugde på den. Jeg skrek da orgasmen min rev igjennom meg, bena mine skalv og krampe av kraften. Jeg kjente at jeg sprutet væske da jeg kom, første gang noensinne. Sandra slikket på fitta min, ryddet og elsket den.

Etter at jeg hadde kommet meg, dro hun meg til dusjen hvor vi ryddet opp, rørte og kjærtegnet. Det var rart at denne kvinnen som var elskerinnen min plutselig var så følsom med berøringene

sine. Det var som om jeg hadde knekt
meg, spillet var over.

Senere samme dag sa jeg farvel til
Sandra og dro. Jeg lurer ofte på om jeg
skal besøke henne og hvem jeg kan finne
bundet på gulvet hvis jeg gjorde det.

En dag vil jeg.

SLUTT